[萬事屋]

又稱為便利屋，
起源自日本，
日文為「よろずや yorozuya
（漢字：万屋）」。

「萬事」，指的就是各種各樣的東西或事務；「屋」有「店、店鋪」的意思。「萬事屋」有些像「百貨店」、「雜貨鋪」，售賣各種各樣貨物；也有些的老闆是「萬事通」，接受各式各類的委託、辦各種雜事，例如搬運、打掃、遛狗、尋人……「萬事都辦」。

目 錄
CONTENTS

登場人物簡介
CHARACTERS

莉莉絲

衝動、好奇心重的人類少女，魔力覺醒後，能操控自己的頭髮，改變長短，交織變化不同的東西。

自信爆棚，常常妄下判斷，但心地善良，渴望把魔法用在造福社群的地方。夢想成為像安德魯一樣了得的魔法師，經營自己的魔法萬事屋，一展所長。

雖然天賦甚高，卻愛偷懶和疏於學習，常常自創古靈精怪的魔法來便利生活。

年齡：14
身高：158cm
血型：AB
星座：獅子座
興趣：自創魔法
喜歡的食物：草莓蛋糕
喜歡的顏色：粉紅色
討厭的東西：下雨天，打理長長的頭髮

尼諾

跟莉莉絲是多年不見的青梅竹馬；看似冷漠不友善的他其實只是外冷內熱，骨子裡是個正直熱血的人。

尼諾不是天生的吸血鬼，而是在小時候被吸血鬼咬過，轉化而成的感染者。

他討厭陽光，在日間大部分時間也感到疲倦；不能進食普通食物，只能靠吸食代用血液維持生命。

小時候受安德魯所救，也立志成為像安德魯一樣的魔法師；至今仍在追查昔日把他變成吸血鬼的真兇。

年齡：14
身高：165cm
血型：O
星座：人馬座
興趣：在晚上飛行
喜歡的食物：代用血液
喜歡的顏色：黑色
討厭的東西：陽光，蒜頭味

摩斯

一隻會説話和會使用魔法的雄性小黑貓。牠比莉莉絲更早加入魔法萬事屋，是幫助了安德魯多年的好拍檔。

摩斯謹慎細心，做事有條不紊，在安德魯不在的期間他身兼副店長和照顧莉莉絲的重任。

年齡：4　　　　　　喜歡的食物：吞拿魚罐頭
血型：A　　　　　　喜歡的顏色：白色
星座：白羊座　　　　討厭的東西：航髒和凌亂的房間
興趣：偵探小說

安德魯

安德魯魔法萬事屋的店長，原生吸血鬼、大魔法師。在魔幻學園畢業後，立志把魔法用在造福社群之上，曾多次參與阻止末日降臨的危機。

俊秀不凡的安德魯魔法了得，而且充滿正義感，除了開辦萬事屋解決為人解決疑難外，亦不時周遊列國懲治以魔法為非作歹的奸黨。

年齡：26　　　　　　興趣：環遊世界
身高：178cm　　　　喜歡的食物：甜品
血型：O　　　　　　喜歡的顏色：藍色
星座：水瓶座　　　　討厭的東西：利用魔法作惡的人

胖子

14歲

書琪

14歲

金瑪珝

14歲

性格怯懦，因為體態肥胖常常被人欺負取笑而產生很重的自卑感。特別鍾愛超級英雄題材的電影和漫畫，常常幻想自己某天也能成為懲惡懲奸、受人敬仰的偉大人物。

熱愛閱讀，對神秘現象充滿好奇，是圖書館的常客。書琪生性內向不擅與人溝通，但其實很關心身邊的同學，是她注意到胖子的反常。她對大家的性格很了解。

活潑開朗，富創意的她在物理科學上天賦甚高，品學兼優。一次意外後不幸失去了活動能力，但她沒有放棄希望，幾經波折下雖獲新生，卻變成半人半機械的生命體。

魔法少女莉莉絲

「歡迎光臨，這裡是萬事都能夠辦妥的『安德魯魔法萬事屋』。」

自古以來，我們生活的世界除了人類以外，還有著很多神秘莫測的魔幻生物——吸血鬼、人狼、狐妖、飛龍等，全都真實存在過。

這些擁有高智慧的妖魔曾經和人類爆發過多次衝突，人類靠著「**魔法**」的力量與之抗衡，最終傳奇魔法師為妖魔創造了屬於他們的棲息地——「**魔幻世界**」，人類和妖魔長久持續的衝突才得以化解。

但時至今日，仍然有為數不少的危險魔幻生物，隱藏在人類世界，因此「魔法萬事屋」成為了人界不可或缺的存在。

皎潔的明月照亮了陰森恐怖的茂密的樹林，紮著雙馬尾髮型的**莉莉絲**面無懼色地奔跑，她的粉紅色長髮在樹林中顯得分外矚目。

　　「菇呀~菇呀~」外形和蘑菇極為相似，但體積有如小童般大，而且長有雙腿的**紅魔菇**正在四處逃竄。

　　紅魔菇是魔幻世界常見的植物，雖然沒有攻擊性，但毒性劇烈，一旦錯誤食用足以致命。

「休想逃出我的五指山！」莉莉絲高舉魔法捕蟲網，看準時機向前一揮，紅魔菇頓時成為她的囊中之物。

「這已經是第五隻了，應該沒有漏網之魚吧？」紅魔菇被捕捉後便會被傳送到特製的收集箱，莉莉絲手上的不是普通捕蟲網，而是由魔法師精心設計的**魔法道具**。

十四歲的莉莉絲樣子甜美，她是「安德魯魔法萬事屋」的員工，擁有異於常人的特殊能力，身懷魔力，能使魔法。

莉莉絲

雖然不見其他紅魔菇的蹤影，
但我總覺得事有蹊蹺呢，喵。

黑色毛髮的貓兒跟在莉莉絲的身後，牠的頸圈上有個白色的蝴蝶結。

黑貓摩斯不只是一隻會說話的雄性小黑貓，還是比莉莉絲更早加入魔法萬事屋的前輩。

摩斯，你不用杞人憂天啦！
我早說過就算安德魯店長不在，我一個人處理這宗委託也綽綽有餘！

莉莉絲得意洋洋的說。

摩
斯

近日，新月市發生了多宗人口失蹤案件，踏入新月森林的人接二連三無故失蹤，人界的執法機關調查無果，推斷出事件可能和不屬於人界的事物有關，所以委託魔法萬事屋希望能查明真相。

但**店長安德魯**正在遠方調查其他案件，是莉莉絲自告奮勇接下這宗委託。

「不……紅魔菇雖然具危險性，但人們不會因此人間蒸發，我估計這不是真正導致連續失蹤案的原兇。」黑貓摩斯跟隨安德魯已久，牠的經驗比莉莉絲更加豐富。

解決普通人類無法解決的事物，是魔法萬事屋的特點專長。安德魯店長不在已接近一個月了，莉莉絲不想魔法萬事屋暫停營業，她想繼續幫助那些需要幫助，活在水深火熱中的人，就像她憧憬的安德魯店長一樣。

吸血鬼安德魯，被稱為**傳奇魔法師**的他，拯救過無數生命，莉莉絲是其中之一。

「你的想法不無道理，就算人們吃下紅魔菇中毒身亡，屍體也應該還在這片森林之內……」莉莉絲思前想後，比紅魔菇更具危險性的東西，已悄然接近她。

「失蹤的人們，就像被某種東西吞噬並消化得一乾二淨……」專注的莉莉絲沒有為意身

後高大而且怪異的身影。

「莉莉絲，後面呀，喵！」摩斯大聲提醒，但莉莉絲已來不及閃躲。

兩片大葉片從後包裹住莉莉絲的上半身，比成年人長得更高的**魔界捕蠅草**是肉食性的魔幻植物，葉片的邊緣帶有尖銳的毛刺，它會把包裹在葉片內的生物慢慢消化殆盡，不留任何殘骸。

「唔！唔唔唔唔！」呼吸困難的莉莉絲拼命掙扎。

「唉呀……你的**魔法杖**呢？」莉莉絲無法自救，幸好摩斯不只會説話，還是一隻會魔法的黑貓。

「唔唔！」莉莉絲連忙拍打裙子右邊的口袋。

被魔界捕蠅草捕捉到雖然難以掙脱，但它十分懼怕火焰，一旦遇到火焰便會鬆開獵物。

「**燃燒吧，火焰魔法**。」摩斯以尾巴捲

起魔法杖，畫出魔法陣令魔界捕蠅草燃燒起來。

「嗚嘩……謝謝你……摩斯。」莉莉絲雖然成功脫險，但頭髮和衣服也沾滿了黏稠的綠色消化液。

「調查期間任何疏忽也是足以致命的，你還未夠資格接手魔法萬事屋的工作呀，喵。」摩斯除了是莉莉絲工作上的前輩外，在安德魯店長不在的日子裡，牠還肩負起監護人的責任。

「我只是一時大意罷了……而且還有你在嘛，有你從旁協助，一定沒問題的！」髒兮兮的莉莉絲想要抱起摩斯。

「你這麼骯髒不要靠近我，我最討厭不乾淨的人類。」黑貓摩斯靈巧地迴避過去。

雖然暫時解決了魔界捕蠅草，但委託尚未完成；魔界植物不會突然憑空出現在人界的森林中，莉莉絲和摩斯繼續探索，終於在森林深處找到魔界植物出現的起因。

吸血鬼尼諾

「摩斯，這道奇異的光芒就是**通往魔幻世界的傳送門**嗎？」莉莉絲瞪大眼睛凝望著半空中色彩斑斕的一道裂縫。

「這麼狹小的空間人類是穿不過去的，正確來說這應該是兩個世界之間的裂縫。相信魔

界植物的種子，就是從這裡飄到人界了。」摩斯説罷揮舞魔法杖，以魔法的力量修補裂縫。

「**魔幻世界的……裂縫。**」莉莉絲若有所思，她十分想念的某人，此刻就在魔幻世界內。

「從魔界植物的高度來看，

這道裂縫恐怕已出現有一段日子了，若然沒有被我們發現，受害者還會陸續出現。」奇異的光芒漸漸消失，摩斯終於能鬆一口氣。

「所以我才堅持魔法萬事屋必須**繼續營業**啊！需要幫助的人是不會因為店長不在而減少的！」雖然這次委託出師不利，但莉莉絲堅定的信念沒有因此動搖。

「這話題我們晚點再討論吧，

魔界捕蠅草的消化液很臭，而且乾透後是很難清洗乾淨的……」摩斯掩住鼻子遠離莉莉絲。

「安德魯魔法萬事屋」就像黑暗中的亮光，默默驅逐潛伏在新月市的妖魔鬼怪，守護這城市讓居民能安居樂業。

而莉莉絲的夢想，就是成為像安德魯一樣了得的魔法師，經營自己的魔法萬事屋，一展所長。

莉莉絲騎在飛行掃帚劃破夜空，深宵夜靜，大部分房屋也關上照明，烏燈黑火，但魔法萬事屋還是燈火通明。

「啊？我們出門的時候忘記關燈了嗎？」莉莉絲好奇地問。

「不，我每次出門前也會**先確認燈光全部關上**的。」摩斯平常為節省開支可是不遺餘力的。

「難道是安德魯回來了嗎？」莉莉絲急不可待，雀躍地打開魔法萬事屋的大門。

「慢著，雖然我嗅到吸血鬼的氣味……但不是安德魯的。」摩斯已來不及制止莉莉絲。

「安德魯！」莉莉絲的期望落空了，眼前和她年紀相若的男生雖然背上長有**蝙蝠翅膀**，但不是安德魯店長。

「好久不見了，莉莉絲。」黑髮的**吸血鬼尼諾**皮膚白皙、眼睛細長，給人冷酷嚴肅的感覺。

「尼諾？你不是去了魔幻世界的嗎？怎會出現在這裡的？」莉莉絲驚喜不已，她和尼諾是多年不見的青梅竹馬。

「我是來找安德魯的，我有重要的事情想要問他。」尼諾和莉莉絲一樣，在小時候受過安德魯的幫助。

「但店長不在啊，他已離開**一個多月**了……」看到熟悉的臉孔，莉莉絲不禁想起兒時回憶，他們曾經十分要好，尼諾總是為了她挺身而出。

雖然莉莉絲認識尼諾，但摩斯卻不認識，在牠眼中，尼諾是個威脅。

　　「小子……你既不是純正的吸血鬼，也不是正常的人類，你到底是什麼傢伙？」黑貓摩斯全身毛髮豎起，提防著尼諾。

　　「會說話的貓？」尼諾對豎毛的摩斯充滿好奇。

　　「摩斯，你誤會了。尼諾不是壞人呀，他在小時候**被吸血鬼咬過**，才會變成現在的模樣。」莉莉絲連忙解釋。

　　在人界，吸血鬼吸食人類的血液，把人類變成吸血鬼，這些都是非常嚴重的罪行。

　　「防人之心不可無，安德魯不在，我就是魔法萬事屋的負責人。」摩斯不敢鬆懈。

　　「給你。」尼諾取出一封信件，交到摩斯手上。

　　「喵？黑翼古堡的推薦信？」黑翼古堡是魔幻世界中，吸血鬼一族的聚居地。

「既然安德魯不在，我就留在魔法萬事屋等待他吧。」尼諾受到吸血鬼一族的女皇推薦，來魔法萬事屋工作。

　　「真的嗎？那我們又可以一起生活了！」莉莉絲興奮得想和尼諾擁抱，但她忘記了自己身上散發著消化液的味道。

你很臭，不要靠過來。

你在害羞嗎？你小時候可不是這樣，常常和我形影不離的啊！

　　「你記錯了。」尼諾繼續逃跑，兩人圍著摩斯走個不停。

「你們暫停一下……雖然有吸血鬼女王的推薦，但這件事我不能作主呢，喵。」摩斯皺起眉頭說。

「為什麼？萬事屋正急需人手啊！有尼諾加入我們便能正常營業了。」莉莉絲對尼諾的加入舉腳贊成。

「這件事還是應該由安德魯**親自決定**，總之……尼諾你先留在這裡暫住吧，時候已不早了，其他事情明天再說吧。」突如其來的變動，令摩斯十分頭痛。

「二樓還有空置的房間，你就暫時住在那裡吧。」摩斯一想到日後要照顧多一個人，便感到身心俱疲。

「太好了，尼諾，往後的日子多多指教啦。」能夠和尼諾在人界重遇，莉莉絲欣喜萬分。

尼諾和莉莉絲都有著異於常人的地方，導致他們有過不愉快的童年經歷，在人界無論是魔法師或吸血鬼，也不是能光明正大的存在。

「魔法萬事屋」共分為上下兩層，上層是員工各自的房間，下層裝潢得像一間**咖啡廳**，同時也是接待客人的地方。萬事屋採用懷舊的歐陸設計風格，柔和的燈光配合深色的復古家具，不乏西方的神秘色彩。

　　「莉莉絲，是時候起床了。」監護人摩斯跳到莉莉絲的床上說。

　　「五分鐘……我再睡多五分鐘……」莉莉絲抱著被子不放。

　　「你以為我會上當嗎？喵。」摩斯一屁股坐在莉莉絲臉上，遮蓋住她的口鼻。

　　「唔！唔唔唔唔！」莉莉絲無法呼吸，憋得面紅耳赤。

　　「投降了嗎？」摩斯文風不動。

　　「唔！唔唔！」莉莉絲用力拍打床褥以示投降。

「快梳洗準備上學吧。」摩斯這一招萬試萬靈。

我今天不想上學呀⋯⋯尼諾多年沒有來人界，不如我請假一天，帶他到處走走吧？

你忘記了這是安德魯開出的條件嗎？要留在魔法萬事屋，你便必須在人界的學校好好學習，融入人類社會。

「知道了⋯⋯」要融入人類社會，便不能在校內使用魔法，魔法師的存在是秘密。

「不准騎飛行掃帚，要好好步行回校啊。」摩斯再三強調，以免莉莉絲會魔法的事曝光。

而現在摩斯除了要照顧莉莉絲外，還要照顧一個身份更特殊的人——**吸血鬼尼諾**。

新的委託

　　莉莉絲來到新月市不過短短數月；自從小時候她的魔力覺醒後，她便很希望在魔法萬事屋把自己與別不同的地方發揚光大，一展所長。

　　偏偏安德魯店長以到人界學校上學為交換條件，要求她融入人類社會，隱藏自己會魔法的事實，在平凡的新月私立中學過校園生活。

　　但莉莉絲又豈是**唯命是從、乖巧聽話**的女孩子？

　　「同學們，有沒有不明白的地方？」課堂上，老師向在座同學發問。

　　「大家也很專心呢。」老師沒有發現其中不自然的地方。

莉莉絲其實正睡得香甜，但她施展了「瞪大眼睛睡覺的魔法」，這是由她獨創的魔法，能神不知鬼不覺的在課堂睡覺。缺點是因為使用後不會合上眼睛，眼球會變得十分乾燥。

「糟糕了，我完全忘記了今天有測驗……幸好我早已準備好應對的魔法。」莉莉絲在抽屜偷偷取出魔法杖。

「嘻嘻……女班長的成績最近突飛猛進，就讓我複製她的動作來答題吧。」莉莉絲施展出「複製他人動作的魔法」，能準確重現目標人物的一舉一動。

莉莉絲最喜歡研究能有助她偷懶和便利生活的魔法。

「那些高年級的壞傢伙又在欺負低年級生了。」除此之外，莉莉絲對不公不義的事情也**會抱打不平**，以魔法教訓他們。

這天莉莉絲在走廊走著走著，看到遠處的操場上，那些恃著自己身材高大、欺負低年級生的壞傢伙，他們在莉莉絲的魔法影響下突然

感到渾身搔癢難耐。

　　「唉，正常人的校園生活真是沈悶，難道學校就沒有其他刺激有趣的地方嗎？」但這還不足以滿足莉莉絲，她希望自己的魔法能幫助更多人，用在更有價值的地方上。

　　「莉莉絲……你剛才拿著會**發光的東西**，是什麼？」戴眼鏡的短髮女生突然從莉莉絲身後冒出，她是莉莉絲的同班同學書琪。

　　「吓？我……我不過是在自言自語罷了。」莉莉絲嚇了一跳，生怕剛才拖展魔法的舉動曝

光，立即急急忙忙快步離開。

　　若然莉莉絲會魔法一事被學校裡的人發現，她便不能如常繼續上學，也意味著她在魔法萬事屋的工作也就此結束。

　　而莉莉絲此刻還未知道，她的校園生活將會迎來重大改變，**新月私立中學**其實藏著不可告人的秘密。

　　安德魯魔法萬事屋在普通人的眼中就像一間平平無奇的咖啡廳，大街上的人們即使路過，也鮮有登門造訪，因為它被施展了一種特別的魔法。

　　除了身懷魔力的人外，只有迫切需要幫助的人才會發現魔法萬事屋的存在。

　　「摩斯，人口失蹤的案件全靠你們才能成功破案，這是我特別準備給你的謝禮。」委託人艾翠絲是個漂亮的女性，紮起長髮的她，散發著成熟能幹的氣息。

艾翠絲隸屬於「和平之翼」，那是一個由人類和妖魔共同創立，捍衛兩族和平的神秘機構。而艾翠絲在人界執法機關和魔法萬事屋之間擔當著仲介的角色，她是摩斯少有願意被她撫摸的人類。

　　「幸好案件不算十分危險……在安德魯不在的期間，我是應該拒絕委託的，喵。」話雖如此，摩斯吃著艾翠絲給予的零食，忍不住露出幸福的表情。

　　「還是沒有安德魯的消息嗎？」艾翠絲邊撫摸著摩斯的毛髮邊問。

　　「沒有……」摩斯想起一個多月前，安德魯收到一封信件後，二話不說便匆匆離開的情境，自此之後他便音訊全無。

　　「近日**魔界裂縫**頻繁出現，不尋常的案件也發生得愈來愈多，我手上又有新的案件需要委託魔法萬事屋了。」艾翠絲把一份密封的公文袋放在桌上。

「請容我拒絕，魔法萬事屋現在人手不足，只能暫停營業。」摩斯從公文袋上嗅到危險的氣味。

有你和莉莉絲在，魔法萬事屋不能繼續營業嗎？

她還未夠火候，魔法萬事屋的工作稍有差池，是會賠上性命的。

「摩斯，你過份保護莉莉絲了，那孩子很有天賦，我和安德魯在她的年紀時已……」艾翠絲話未說完便被摩斯打斷。

我知道！但她和你們不同，作為莉莉絲的監護人，我有責任照顧她的周全。喵！

安德魯在莉莉絲現在的年紀時已經歷過不少驚天動地的大危機，他和年紀相若的伙伴拯救了差點滅亡的魔幻世界，阻止了人類和妖魔之間的戰爭，當時的艾翠絲也是其中一員。

「我明白了⋯⋯但這宗案件圍繞著莉莉絲就讀的學校，已有不少學生因此危在旦夕，請你再考慮一下吧。」艾翠絲感到十分可惜，但見摩斯情緒激動，她也只好離開。

而摩斯和艾翠絲的對話，全都被準備下樓梯的尼諾偷聽到了。

「喵！尼諾，你要出門嗎？」摩斯偷偷摸摸的藏起公文袋，這宗委託牠不想任何人知道。

「嗯⋯⋯」尼諾若有所思，在大門前面停下了腳步。

「摩斯。」尼諾轉身望向摩斯。

「怎⋯⋯怎麼了？」作賊心虛的摩斯問。

「我也要到莉莉絲就讀的學校上學。」尼諾說。

尼諾除了為尋找安德魯而來魔法萬事屋外，莉莉絲也是他遠道而來的另一個原因。他和莉莉絲在小時候曾有過約定，雖然莉莉絲也許已忘記了，但尼諾還是遵守了約定，再次來到她的身邊。

不可思議的疾病

　　翌日早上，校內便因為尼諾的出現而鬧得熱烘烘。

　　「大新聞！有兩個很**英俊帥氣**的男生來了學校啊！」同學興奮地說。

　　「是新來的學生嗎？抑或是老師？」同學們你一言我一語，大家也十分好奇。

　　「在哪裡？」莉莉絲也不例外，想一睹兩個帥哥的風采。

　　然而莉莉絲對兩位帥哥並不陌生，看到踏上階梯的兩人，她立即激動起來。

　　「是安德魯！」失去聯絡多時的安德魯終於出現。

校長室內，安德魯和尼諾坐在校長對面，莉莉絲看見安德魯的身影後，匆匆忙忙的奔跑過來。

安德魯！
你終於回來了！

嘘。

和安德魯相貌長得一模一樣的男人正在向校長施展催眠魔法，他的臀部竟伸延出一條黑色尾巴。受到魔法影響的校長眼神空洞，默默接受男人的洗腦。

「不是安德魯……難道是摩斯**變裝**而成的？」莉莉絲目不轉睛的看著那條搖擺不定的黑色尾巴。

「尼諾是我的遠房親戚，從今開始他會插班到莉莉絲的班別。」摩斯此舉的目的，是為了安排尼諾入讀學校。

較早前，摩斯經過深思熟慮後，認為尼諾提出的要求也合情合理。既然莉莉絲留在魔法萬事屋的條件是要在人界的學校上學，牠決定對尼諾也一視同仁。

「我還以為安德魯回來了，害我空歡喜一場。」莉莉絲失望地說。

「從現在開始尼諾便是你的同班同學，你們要牢牢記住，千萬不能在普通人面前暴露你們的**真實身份**啊。」以變裝魔法偽冒安德魯的摩斯說。

班房內，尼諾的出現雖然十分矚目，但有另一件事更值得關注。

尼諾和莉莉絲有相同的監護人，班主任順理成章的安排尼諾坐在莉莉絲旁邊的座位。

另外⋯⋯有一件事請大家特別注意，近日接二連三出現學生因身體不適，而要送醫院治理的個案⋯⋯大家要密切留意自己的身體狀況，放學後不要在街上流連，儘快回家吧。

被送到醫院接受治療的學生全部都出現相同的病徵，他們的身體變得十分虛弱，並陷入昏睡不醒的狀態。

該不會和校內流傳的女鬼有關吧？

新月高中有一個恐怖傳說，盛傳校內潛伏著一個駭人的**女鬼**，專在晚上出沒，見過她的人，隔天都會大病一場。

「不會吧⋯⋯ 世上又怎會有鬼呢？應該只是傳染病作怪吧。」雖然不安在所難免，但同學普遍相信有科學根據的推論。

「世上有沒有鬼我不敢肯定？但吸血鬼我旁邊就有一隻了。尼諾，你覺得會不會是因為傳染病？但現在不是流行性感冒的高峰期啊？」莉莉絲打趣的說，她還未知道這事件並不尋常。

新月中學正發生著和魔幻世界有關的特殊案件，愈來愈多學生成為了無辜的受害者。這種案件需要魔法萬事屋介入，偏偏安德魯在這時候不知所終，摩斯又拒絕接受委託。

「不知道，下課的時候叫醒我吧。」尼諾伏在桌上**蒙頭大睡**。其實他心裡有數，因為他偷聽到摩斯和艾翠絲的對話。

「吓？在課堂睡覺？那你為什麼特意來學校呢？留在萬事屋睡飽睡滿不是更好嗎？」莉莉絲滿腦子都是問號。

「你還是和以前一樣，『嘩哩巴啦』問個不停。」尼諾不耐煩的說。

莉莉絲的座位靠近窗戶旁邊，陽光十分充沛。

「嘖！作為魔法萬事屋的員工，好奇心和探究精神是很重要的。不過……」莉莉絲伸出手，悄悄為尼諾遮擋陽光。

尼諾不是天生的吸血鬼，像他這種被吸血鬼所咬而轉化的感染者，特別**討厭陽光**，所以他在日間大部分時間也顯出一臉倦容。

「其實能夠和你重逢，我是很高興的。」莉莉絲嫣然一笑。

雖然尼諾表現出一副不屑一顧的樣子，但他是來學校保護莉莉絲的。他知道若然莉莉絲發現學校裡發生了和魔幻世界有關的案件，就算沒有接受委託，她也會奮不顧身，一股腦兒去調查真相。

午飯時間，疲憊的尼諾躲在樹蔭下吸啜著他特別準備的食物，偽裝成能量食品的代用血液。

尼諾，你還未告訴我，為什麼要離開魔幻世界啊？你以前不是很討厭人界嗎？

莉莉絲在得到想要的答案前，是會苦苦糾纏、喋喋不休的。

被感染成吸血鬼後，尼諾的身體變得無法從正常飲食中吸取養分，對人類的血液產生強烈渴求。但吸食人血是**嚴重的禁忌**，唯有代用血液能代替人血，填飽尼諾的肚子。

「反正魔幻世界也不是什麼好地方……倒不如來魔法萬事屋，能夠自力更生。」尼諾無論在人界還是魔幻世界，也不受待見。

既不是人類，也不是純正吸血鬼的尼諾，在兩者眼中，也是非我族類。

而且……你忘記了我們之間的約定了嗎？

約定？什麼約定？

沒什麼……

尼諾看著莉莉絲狼吞虎嚥，相信她已經把小時候的約定忘得一乾二淨。

魔法萬事屋的確是個好地方，放心！身為你的職場前輩，我會好好照顧你的。

莉莉絲沾沾自喜，她終於不是魔法萬事屋裡**資歷最淺**的人。

笑話⋯⋯就憑你這個沒記性兼且粗心大意的呆瓜也想照顧人？

「竟敢小看我，信不信我把你變成豬！背上長蝙蝠翼的豬！」莉莉絲取出魔法杖裝腔作勢。

「幼稚！天底下哪有這麼滑稽的魔法？」能重恰和莉莉絲吵吵鬧鬧的日常生活，是尼諾

感到幸福的事。

「魔⋯⋯魔力？」突然，尼諾察覺到強大的魔力出現。

「不是我呀！」莉莉絲連忙收起魔法杖，望向魔力急速上升的地方。

但在人界生活，不代表比在魔幻世界安穩，不尋常的事件和他們近在咫尺。

調查開始

　　魔力，是潛伏在每個人身體內的神奇力量。絕大多數人都不知道自己擁有魔力，也不能任意使用這種力量，唯有經歷過**魔力覺醒**的人，才懂得使用魔力。

　　莉莉絲和尼諾的注意力被突然爆發的魔力吸引，操場上一個矮小肥胖的男學生被三個高大的高年級生團團圍住，他們是莉莉絲曾教訓過的壞學生。

　　「讓開。」男孩這次不再表現得畏懼和怯懦，他不只眼神凌厲，而且散發出生人勿近的氣場。

　　「你⋯⋯你竟敢跟我們囂張？放學後我再跟你算帳！」落荒而逃的竟然是三個高年級生，

他們丟臉的模樣令在場的人無不感到意外，因為常人的眼睛看不見魔力。

只是相隔了一天，男生面對欺凌者展現出完全相反的態度。

「尼諾，你看到了嗎？」莉莉絲感到難以置信，她昨天還暗中使用魔法保護了這男生。

「嗯，想不到這所學校裡還有其他魔力覺醒了的人。」尼諾說。

「不……我一直有留意他，他即使受人欺負也從未反抗過，也沒有散發出丁點魔力。」莉莉絲暗中幫助的這位男生，其實和她是同班同學，因身材肥胖而被稱呼作**胖子**。

「是突然經歷了魔力覺醒嗎？」尼諾一臉不悅的表情，他現在只介意為什麼莉莉絲會時常留意這個男生。

「剛剛覺醒的人又怎會表現得這麼鎮定自若？而且剛才那程度的魔力，不似是突然覺醒的人能駕馭的。」莉莉絲比尼諾更了解魔力覺

醒到底是怎樣的事，她在年僅八歲的時候已經歷過。

而魔力覺醒的過程，大多數都不會順順利利，甚至會因為無法控制體內的魔力而釀成悲劇，導致人命傷亡。

「或者他只是**善於隱藏**，剛才忍無可忍才不小心泄露了自己的魔力吧。」尼諾對箇中原因不感興趣。

「想知道答案的話，我們放學後偷偷跟蹤他就能知道了！」莉莉絲興致勃勃的説。

莉莉絲總覺得自己和常人格格不入，她急不及待想知道這男生會不會是同樣覺醒了魔力的同類。

「但我不想知道呢。」尼諾別過臉説。

莉莉絲不但忘記了和他的兒時約定，還一直留意別的男生，這令尼諾氣上心頭。

「反正魔法萬事屋暫時未有接受新委託，你就當這是**實習培訓**啦！跟蹤也是一門學

間，就讓前輩我好好教導你吧！」莉莉絲一旦對某人某事產生興趣，便會緊緊抓住不放。

「唉……隨你喜歡吧。」尼諾只好妥協，他很清楚就算自己拒絕，莉莉絲也會一意孤行，倒不如從一開始便跟隨在莉莉絲附近。

「我就知道你是不會拒絕我的，我們又能夠像小時候一樣，一起**到處探險**了。」莉莉絲欣喜的笑著說。

尼諾心裡想，只要莉莉絲的專注力集中在這男孩身上，便無暇調查學生連接送院案件。這事件嚴重到「和平之翼」介入，顯然危險性極高，摩斯才會拒絕接受委託。

而安德魯不在的情況下，確保魔法萬事屋員工的人身安全，才是摩斯的首要任務。

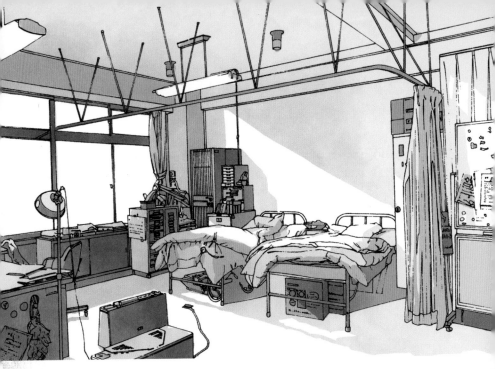

　　另一邊廂，雖然黑貓摩斯拒絕了艾翠絲的委託，但畢竟案件發生在莉莉絲就讀的學校，放心不下的牠決定瞞住莉莉絲和尼諾，一探究竟。

　　摩斯以魔法變成安德魯的樣子，喬裝成醫生，昂首闊步在受害者所在的醫院進行調查。

漂亮的護士小姐，你可否告訴我被送到這裡的新月中學學生，在哪一間病房？

安德魯眉清目秀、氣宇軒昂，摩斯變成他的模樣，對於套取情報消息十分有利。

「剛才那位是新來的醫生嗎？我從來見過這麼帥氣的醫生啊。」在旁的護士也被迷倒，視線緊隨著安德魯的背影。

「不知道呢，我也很想讓他看病啊！」護士們你一言、我一語，誰也沒有懷疑他的身份。

安全到達受害者所在的病房後，摩斯立即開始對學生進行調查，雖然不會人類的醫術，但摩斯此行的主要目的，是查探學生身上有沒有被施魔法的痕跡。

魔法依靠魔力作為源動力，任何魔法也會殘留施術者的魔力痕跡。透過調查這種痕跡，有機會查找出施術者的身份和種族，甚至藉此來追蹤他的位置。

「沒有被施放魔法的痕跡……身體表面也沒有明顯的傷痕呢，喵。」摩斯邊替昏迷不醒的學生檢查身體，邊進行魔力檢測。

「既不似魔法師的所為，也不像受過妖魔侵害……能確認的共通點，就是三人就讀同一所中學，而且身體也突然變得十分虛弱、骨瘦

如柴……就像生命力被吸光一樣。」摩斯反覆思考，到底有什麼魔法或妖魔會造成這樣的情況。

人界的醫生已排除了學生感染**傳染病**的可能，導致他們變得這麼虛弱的原因，不會是人界的疾病。

「不知道他們還要多久才能醒來，無法向受害者問話，我手上能查證的資訊實在太有限了……喵。」摩斯苦惱的説。

門外傳來的腳步聲愈來愈響亮，三位病人真正的主診醫生正在接近。

「啊？是誰忘記了關閉窗戶嗎？」醫生感到莫名其妙。

窗戶本來是緊閉的，是摩斯在被人發現前迅速打開了窗戶，逃離病房。

「無論原因是什麼也好，害那些學生變成這樣的根源一定在學校附近⋯⋯希望莉莉絲和尼諾不會遇上麻煩就好了⋯⋯」摩斯愈來愈不安。

莉莉絲是個十分積極和主動的女孩，就算麻煩不找上門，也不代表她不會**自找麻煩**。此刻莉莉絲不知道自己跟蹤的對象，和摩斯調查的事件有著莫大關連，而這將會導致她和尼諾陷入**萬劫不復**的險境。

6

身份曝光・上

　　放學後，莉莉絲跟蹤同班的男同學來到學校附近的一個地下停車場，在午飯時間被他害得丟盡面子的高年級生召集了更多不良少年，想在這人煙稀少的地方狠狠教訓他一頓。

胖子，我給你最後一次機會，跪在地上向我們低頭認錯，我可以大發慈悲放你一馬。

要道歉的應該是你們才對。

胖子不只面無懼色，而且一副胸有成竹的樣子。

「什麼？他是不是瘋了？」高年級生以為自己聽錯了。

「你們仗著人數多，長得比較高大，便覺得自己高人一等⋯⋯其實你們一點都不強大，你們是一群只敢**欺善怕惡**的懦夫。」胖子一反常態，主動挑釁威脅他的人。

「你這不知好歹的傢伙，我現在便要你為自己的囂張付出代價！」老羞成怒的高年級生氣得青筋暴現，握緊拳頭準備揍打男生。

「胖子到底怎麼了？繼續下去會鬧出人命的⋯⋯」莉莉絲還未感覺到胖子身上的魔力，正躲在不遠處的車子後面的她擔心他性命不保，取出魔法杖準備暗中支援。

「且慢。」尼諾制止了莉莉絲，他看見胖子從口袋中取出**一顆不知名的東西**放進口中。

「如果有力量就可以隨意欺負人，那就換我好好欺負你們吧。」魔力在胖子身上傾瀉而出，雖然他沒有使用魔法，但有魔力強化體質，就算同時承受多人拳打腳踢，他也面不改容。

　　「是魔力……他真的是魔力覺醒了的人類。」莉莉絲確切感受到非比尋常的魔力了。

　　魔力覺醒的人類，會都顯現出異於常人的特質，有些人會變得能**控制火焰**、有些人會變得**力大無窮**。

　　「不可能……這胖子感覺不到痛楚嗎？」高年級生們不只傷害不了胖子，拳腳更像打在厚實的牆壁上，變得紅腫不堪。

胖子的魔力強化了他的體質，他輕輕一推，
其中一個高年級生已飛墮十米之外。

怎麼了？你們
剛才不是很大
口氣的嗎？

胖子**勢不可擋**，單手便足以舉起比他更
高大的人。

胖子很滿足，他得到了像他喜愛的英雄電影中，能懲惡懲奸、無與倫比的強大力量。

「怪……怪物呀……」平日不可一世、有恃無恐的高年級生嚇得口齒不清。

「什麼怪物？把我說得像個壞人一樣，明明你們才是**為非作歹**的惡勢力！」看到欺凌者露出一副受害者的姿態，胖子激動起來。

憑著魔力對胖子體能大幅強化，現在他的腕力足以輕鬆**捏斷他人的脖子**。

「糟糕了，我們不能放任他不管……」莉莉絲十分緊張，生怕胖子做出無可挽回的錯事。

莉莉絲還未採取行動，尼諾已搶先一步制止胖子。

尼諾不動聲色出現在胖子面前，以不下胖子的力氣抓住他的手腕。

你是今天轉學來的插班生？看來你也不是泛泛之輩呢……

停手吧，他們已吸取了教訓，無謂為了這些無關痛癢的人自毀前程。

霧化，是吸血鬼獨有的技能，使用者能在短時間化作煙霧，移動到別的位置重新顯現。

胖子雖然不知道尼諾的真正身份，但他的手腕被尼諾弄痛，這不是常人能做到的事。

高年級生趁機會落荒而逃，但他們不會忘記剛才受到的屈辱。

胖子仔細觀察，他並不知道世界上存在著吸血鬼等等的魔幻生物。

難道你和我一樣，是被選中的幸運兒？

幸運兒？你不會因為自己和普通人有那麼一點點不一樣，就覺得自己是什麼天選之人吧？

　　尼諾的**兩隻犬齒**在慢慢伸長，平日他都會刻意隱藏這吸血鬼的特徵。

　　尼諾，並不因為自己的與別不同而高興，相反他很討厭變成了吸血鬼，吸血鬼的特異體質害他受盡折磨。

「恃強凌弱，你和那些高年級生有何分別？」尼諾加重了手心的力度。

「你搞錯了，我做的是為民除害！弱肉強食是自古以來的法則，以前我是弱者只能受人

欺負，現在我擁有超乎常人的力量，替天行道是超級英雄該做的事！」胖子愈說愈激動。胖子自小便愛看**超級英雄**的電影動畫，憧憬未來的自己會成為同樣受人敬仰的偉大人物。

你們都冷靜一點。胖子，我們是來幫你的。

　　莉莉絲感應到胖子散發的魔力極度不穩定，於是握起**魔法杖**現身，以防情況失控。

　　魔力不穩定的狀態是十分危險的，昔日莉莉絲經歷魔力覺醒時，就因為狀態不穩定繼而失控，傷害了她的家人。

「原來幸運兒有這麼多嗎？」胖子看到發出亮光的魔法杖，意識到莉莉絲和他一樣，有別於常人。

「我不需要你們幫忙，以前的我不需要，現在的我更不需要……」胖子的魔力突然消失殆盡了，他的眼神略帶憂鬱，徐徐離開。

「剛才的情況真危險呢……我多擔心你們會大打出手啊！」莉莉絲鬆了一口氣。

「就算打起來，我也肯定不會輸給那個胖子。」尼諾**心高氣傲**，對胖子不屑一顧。

「笨蛋！要是真的打起來，你是吸血鬼的秘密就會曝光啦！若然你第一天上學就身份曝光，你猜猜摩斯會怎樣？牠肯定二話不說便把你趕出魔法萬事屋，迫你離開人界呀！」莉莉絲生氣了，她不自覺地大聲斥責尼諾，完全沒有理會周圍有沒有人旁觀。

不遠處，莉莉絲的同班同學**書琪**，聽到莉莉絲的話，不禁一臉驚訝。

原來除了尼諾和莉莉絲外，還有一個人從放學之後，便尾隨胖子來到停車場。她不只目睹了剛才發生的事情，還聽到尼諾和莉莉絲那不可告人的秘密。

身份曝光・下

日落西山，莉莉絲和尼諾心事重重的回到魔法萬事屋。

「我們回來了……」莉莉絲一臉倦容的説。

「喵，你們回來得真晚呢。」摩斯望向掛牆鐘，莉莉絲比往日晚了兩小時才回到這裡。

「哈哈……很晚嗎？因為尼諾初來乍到嘛，所以我帶他四處逛逛，是他不願離開才導致我們晚了回來！」莉莉絲連忙想出藉口。

「原來如此……你們……今天在學校沒有發生什麼特別的事嗎？」摩斯吞吞吐吐的問。

「特別的事？當然沒有！今天和一年內其他三百六十四天一樣，什麼事也沒有！」莉莉

絲誇張的說。

「啊⋯⋯沒有特別事情發生就好。」摩斯調查學生昏迷案件一無所獲，莉莉絲每日身處和案件有重大關連的新月中學，難免擔心不已。

尼諾看到摩斯神情恍惚，估計到牠已瞞住莉莉絲開始進行調查，胖子身上發生的變化令尼諾耿耿於懷，但現在他不能向摩斯如實相告。

因為尼諾和莉莉絲**特殊的身份**，已在普通人面前曝光了。

較早前，尼諾和莉莉絲被同班同學書琪發現他們的秘密。原來書琪也偷偷跟蹤胖子，因為她看到胖子和高年級生發生衝突後，擔心胖子被傷害。

「我曾聽過關於魔法萬事屋的**都市傳說**，你們⋯⋯是吸血鬼和魔法師吧？」書琪一直以來對科學無法解釋的現象也充滿好奇，她的接受程度十分之高。

只有少數人知道魔法萬事屋是真實存在的，關於它的事跡大部分人也只是當作虛構的都市傳說。

不不不不！你誤會了！我們只是普通到不能再普通的中學生。我們剛才的對話……只是在討論小說裡的情節。

但我清楚看見了，他的尖牙……還有你那會放出閃耀光芒的魔法杖。

書琪已不是第一次看到莉莉絲的魔法杖，而且尼諾還未收起他那雙引人矚目的尖牙。

尼諾！快想想辦法啦！

莉莉絲邊拍打尼諾的肩膀邊慌張地說。

事已如此，我們只好刪改她的記憶了。你不會摩斯用來催眠校長的魔法嗎？

我不會那麼高難度的魔法呀！

莉莉絲開始後悔自己沒有向安德魯好好學習。

吓？你不是以天才魔法少女自居的嗎？

尼諾認知中，改變一個普通人的短期記憶，算不上高難度魔法。

「唉呀……人家的天份都用在發明不實際的日常魔法上……這種情況我以往都交由摩斯處理的。」莉莉絲垂下頭，一臉不好意思的說。

「要不我們聯絡摩斯來善後吧？」尼諾沒好氣的說。

「笨蛋！牠一定會狠狠責罵我們一頓，嚴重的話甚至會趕我們出魔法萬事屋呀！」莉莉絲苦惱的說。

「兩位……」書琪有話想說，但尼諾和莉莉絲的對話沒有插嘴的餘地。

「事已如此，唯有用這一招啦！」莉莉絲靈機一觸，快速揮舞手上的魔法杖畫出魔法陣。

「**閃光魔法！**」莉莉絲大喝一聲，魔法杖隨即發出耀眼的光芒。

強烈的閃光令書琪一時間睜不開眼睛，待強光消退時，尼諾和莉莉絲趁機會逃離現場，待書琪再次睜開眼睛，他們已在停車場消失得無影無蹤。

翌日早上，莉莉絲和尼諾若無其事的如常上學，他們心想只要堅決否認，就算書琪當眾質疑他們的身份，也能蒙混過去。

一來沒有人會相信吸血鬼和魔法師就在身邊，這是多麼荒謬的事；二來書琪手上也沒有確實的證據能指證他們。

而書琪也和平常一樣，沒有特別的舉動，直至午飯時間。

學校天台上，莉莉絲以**獨特的方法**打開了鎖住天台大門的鎖頭，和尼諾偷偷躲在這裡用膳。

「就算我不會因陽光照射而死，但在這裡待下去也會熱死我呀……」尼諾討厭陽光，曝

露陽光之下使他特別疲累。

「唉……你就別嫌三嫌四了，這裡禁止學生進入，不會有人闖進來，我們也不用擔心會被書琪追問昨日的事。」莉莉絲邊嘆氣邊說。

「這可不是個好辦法，難道我們要一直躲避她嗎？」尼諾問。

「唔……但現在比較重要的，是搞清楚胖子身上到底發生了什麼事？」莉莉絲認真地說。

經過昨天的騷亂後，胖子的身體發生了肉眼可見的明顯變化。

「胖子突然變瘦了，這事的確非比尋常。」尼諾說。

肥胖的胖子竟在一天後**明顯變瘦**，這絕對不是正常的表現。

「不只如此，我在胖子的身上再也感應不到一點魔力了。若非經驗老到的魔法師或使用了特別的魔法道具，是不可能完完全全隱藏起自己的魔力的。」莉莉絲苦惱的說。

「那傢伙，很有可能不是魔力覺醒者。」尼諾總覺得胖子隱藏著什麼秘密。

「嘎……你們……果然躲在這裡了。」書琪氣喘如牛，她找遍學校也不見兩人的蹤影，聰明伶俐的她猜到他們躲在學生禁止進入的天台。

莉莉絲翻找出魔法杖。

書琪舉手投降，她此行不是來追問兩人真正身份的。

尼諾和莉莉絲對視了一眼後，異口同聲說。

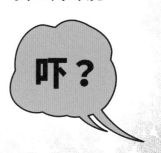

8

超凡能力的代價

再有學生突然出現身體不適，虛脱昏迷的現象，同學們發現後立即把這位學生送到保健室。

「**救護車**很快便會到達，你們留在這裡會阻礙病人休息的，快點回去班房吧。」保健室老師擋住了保健室的大門。

「這次出現不適的學生是誰？是胖子嗎？」莉莉絲接到書琪通報後也趕到保健室，但被保健室的金老師拒之門外。

不，
是女班長……

竟然是
女班長嗎？

這答案在莉莉絲的意料之外，因為她的注意力全都集中在胖子身上。

可能只是還未輪到胖子罷了。

細心的尼諾留意到胖子正躲在不遠之處，而且面色難看，顯然他對女班長的身體狀況也十分擔憂。

成績突飛猛進的**女班長**成為了新的受害者，但莉莉絲和尼諾對犯人的輪廓還是毫無頭緒，而且對犯人的作案手法也是一無所知。

放學後，莉莉絲以最快的速度趕回魔法萬事屋，她想把近日發生在學校的事全部告訴摩斯，希望見多識廣的牠能出手相助。

「摩斯？你躲在哪裡呀？我有重要的事情要問你呀。」但莉莉絲找遍萬事屋也不見黑貓摩斯。

「看來摩斯外出了。」尼諾說。

「偏偏在這麼重要的時候不在⋯⋯這隻愛偷懶的黑貓！」莉莉絲氣憤的說。

「叮叮。」就在這時候，魔法萬事屋的大門被打開了，門上掛著的鈴噹響起了清澈的聲音。

「書琪？」莉莉絲大吃一驚，魔法萬事屋被特殊的魔法隱藏著，常人是不會發現它的。

「你是跟蹤我們才找到這裡嗎？」尼諾也驚嘆不已。

只有身懷魔力，或者迫切需要幫助的人，才會發現安德魯魔法萬事屋的大門。

「不⋯⋯專門接受委託解決**奇難雜症**的『安德魯魔法萬事屋』，原來這個都市傳說是真的。」書琪能找到這裡，因為她符合了其中一個條件。

「求求你們，幫幫我吧！」書琪迫切需要幫助，她誠心誠意的向尼諾和莉莉絲求助。

安德魯魔法萬事屋是為了幫助他人而存在的，莉莉絲和尼諾小時候也曾受過安德魯的幫助，才有機會走出黑暗的困境，所以他們曾許下約定，長大後一定會回來萬事屋，一起把異於常人的力量回饋社會。

「尼諾……」莉莉絲欲言又止，她知道摩斯不會贊成她接受委託。

「你決定吧，只要是你的決定，我也會支持。」尼諾遵守了約定，回到莉莉絲身邊。

「咳唔……」莉莉絲會心微笑，清清喉嚨準備說出安德魯常說的台詞。

歡迎光臨，這裡是萬事都能夠辦妥的「安德魯魔法萬事屋」，請告訴我你的委託。

雖然安德魯不在，也沒有摩斯的支持，但莉莉絲還有尼諾和她共同進退。

一個正在進行建築工程的地盤內，工人們日以繼夜辛勤地工作，疲憊不堪。駕駛著吊臂車的工人沒有為意到**繩纜**日久失修，在半空中的大鋼材搖搖欲墜，終於鋼材鬆脫掉了下來。

「小心呀！」發現鋼材的工人大聲呼叫。

在地面忙於搬運建築物料工人抬頭一看，巨大的鋼材正迎面而來。

一聲巨響令在場人士震耳欲聾，鋼材下的工人們以為劫數難逃，全都緊緊閉上眼睛，但奇蹟發生在他們身上了。

「我們……不會已經死去了吧？」工人緩緩睜開眼睛，摸摸身體發現自己完好無損。

「不，大家放心，已經沒事了。」身材瘦了一圈的**胖子及時趕到**，雙手高舉擋住鋼材，阻止了這足以導致多人傷亡的意外。

胖子輕鬆把鋼材放到地上，然後用力縱身一跳，消失在工人們的眼前。

　　「剛才的那年輕人……是超人嗎？」工人們目瞪口呆，一切發生得太快，快得他們難以置信。

　　胖子，曾經憧憬成為**像超人般的英雄**，他常常幻想自己長大後會變得強大，能夠拯救他人。

但事實上成長沒有令胖子變成超級英雄，他怯懦的性格沒有改變，肥胖的身材更令他產生了很重的自卑感，想要作出改變卻又被無力的感覺壓垮。導致胖子從想成為拯救他人的超級英雄，變成等待超級英雄拯救的人。

　　「現在的我⋯⋯能夠做得到，我能成為**拯救他人**的英雄。」而魔力，改變了胖子，令他充滿力量、無所不能。

日落西山，在人跡罕至的公園內，胖子還沈醉在剛才救人的滿足感中，就算身體感到不適，他還在想著怎樣運用現在的力量。

　　「收手吧，雖然我不知道你是怎樣獲得魔力，但你的身體快支撐不住了。」吸血鬼尼諾從天而降，他不再隱藏自己的一雙**黑色翅膀**。

　　「又是你……」胖子提防著尼諾。其實他自己也很清楚，身體突然變瘦了這麼多，是一個警號。

　　「胖子，我們是來幫你的，你能平心靜氣和我們好好對話嗎？」莉莉絲也趕到現場，騎在**飛行掃帚**上的除了她外，還有她的委託人。

　　「我不需要人幫，你們要是想阻礙我，休怪我對你們不客氣。」胖子緊握拳頭怒氣沖沖的說。

　　「胖子，不可以這樣！」莉莉絲的委託人，是書琪。

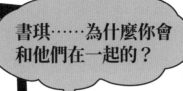

書琪……為什麼你會
和他們在一起的？

　　胖子感到意外，書琪和魔
力一點關係也沒有。

　　胖子和書琪不只是同學，
還是一起長大的鄰居，所以書琪很了解原來的
胖子，他是個溫文而且善良的人。

你們……是串通一起想搶
走我的力量吧？我是不會
讓你們輕易得逞的！

　　胖子情緒激動，魔力也顯著上升。

「看來不讓你認清現實，你是不會罷休的。」尼諾伸展筋骨，大步走向胖子。

魔力賦予了胖子夢寐以求的超乎常人的力量，但同時改變了他的性格。要把胖子導回正軌，唯有同樣異於常人的尼諾。

魔界食人花的種子

較早前，書琪找到安德魯魔法萬事屋，向尼諾和莉莉絲作出委託。

「請你們救救胖子……他本來是個很善良的人，但最近他的性情大變，體重也突然下降，我擔心他會變得像班長和其他需要送院的同學一樣……」書琪淚眼汪汪的説。

「班長和其他需要**送醫院治理**的同學一樣，全都在出事前性格有所轉變嗎？」莉莉絲驚訝的問。

「嗯，班長的成績雖然一向中規中矩，但她樂觀積極，素來不會有什麼埋怨；奇怪的是她最近成績突飛猛進，態度卻變得十分惡劣，常常對人冷嘲熱諷。」書琪朋友不多，但她一

直有留意身邊同學。

書琪小時候很內向，不敢主動懂得結交朋友，是胖子向她伸出了友誼之手，成為了她的第一個朋友，這份情誼她至今從未忘記。

「難怪胖子剛才會偷偷摸摸躲在保健室附近，他一定知道些什麼。」尼諾若有所思的說。

「尼諾，此話何解呢？」莉莉絲問。

「那些突然有所變化的人，都會被吸光生命力，變得十分虛弱，繼而送院治理。體型肥胖的胖子有比較多的能量，所以現在只是瘦了一圈，但他的下場恐怕也和班長一樣。」尼諾嚴肅地說。

「依你所說，我們要快點行動了……不然胖子也昏迷的話，我們便無法問出真相。」於是莉莉絲、尼諾接受了書琪的委託，出發尋找岌岌可危的胖子。

公園內，胖子和尼諾大打出手。獲魔力強化的胖子力氣驚人，簡單的直拳勁力足以在樹幹上打出**深深凹陷**的痕跡。

「不用浪費氣力了，你是打不過我的。」但尼諾不慌不忙，輕輕鬆鬆避過胖子所有攻擊。

「可惡……你到底是什麼鬼東西？」胖子漸漸感覺身體不適愈來愈嚴重，這是以**旁門左道**獲得魔力的代價。

「你沒有說錯，我的確是鬼……不過是吸

血鬼。」尼諾側身避過胖子的揮拳，順應來勢把他摔倒地上。

「世界比你想像中廣闊得多，也許你憧憬的超級英雄也真的在某個地方真實存在。」尼諾看著心有不甘的胖子說。

胖子再次在口袋中掏出一顆不知名的東西，尼諾上一次已留意到，他推測這和突然覺醒的魔力有密切關係。

「但並不是超級英雄才有拯救他人的能力，沒有超能力也**挺身而出**的，我覺得比你憧憬的那種更加帥氣。」尼諾轉頭望向書琪。

是書琪想拯救胖子那顆迫切的心，使她發現了魔法萬事屋的大門。

胖子，請你變回我熟悉的那個善良的胖子，好嗎？

書琪的委託尼諾和莉莉絲收到了。

現在書兒想拯救胖子的真心，胖子也接收到了。胖子鬆開緊握的拳頭，放棄那顆令他迷失自我的種子。

對不起……
我為你們添麻煩了。

胖子低頭道歉，傲慢狂妄的態度隨晚風吹過而消散。

書琪不禁落淚，跑到胖子身邊把他緊緊抱住，令他手足無措露出羞澀的表情。這份溫暖和關懷引導了胖子**重回正軌**，比起魔法或超能力更加強大。

「想不到常常以挖苦我為樂的你，也會說出如此帥氣的話呢⋯⋯」莉莉絲凝望尼諾的側臉，突然覺得比她高大的尼諾，有點安德魯的影子。

我沒有以挖苦你為樂。

吓？你確定沒有嗎？

　　「笨蛋。」尼諾不會親口說出，其實他沒有以挖苦莉莉絲為樂，他反而因為和莉莉絲重逢而單純感到快樂，卻又不懂宣之於口。

安德魯魔法萬事屋內，尼諾和莉莉絲安排胖子和書琪暫時留下，因為接下來他們要去的地方可能危險重重，那裡就是學生昏迷案的源頭——**學校保健室。**

　　接受了大家的奉勸後，胖子把他所知道的事情和盤托出。

　　「這些東西是女班長給我的，有一天她看到我被高年級生欺負後，便悄悄把我拉到一旁，說吃了這東西的話便能改變現狀。」胖子把口袋中剩餘的**神秘物體**交到尼諾手上。

這是什麼來的？

「我對這東西有點印象……」莉莉絲連忙找出一本厚厚的書：「早前我在森林進行委託，因為不了解魔幻世界的植物而被摩斯罵了一頓。於是我把『**魔界植物百科全書**』這本書重新翻閱了一遍又一遍。」莉莉絲終於翻到記載這物體的頁面。

「**魔界食人花**……名字好像是很可怕的東西呢。」書琪看著書上圖片不寒而慄。

「這顆東西竟是食人花的種子嗎？」胖子感到噁心，他在不知情下已吃下數顆這種種子。

「根據書上記載，魔界食人花的種子寄生在人體時，會在短時間內激發**宿主**的魔力，從而令他們獲得特殊能力……」莉莉絲說。

胖子獲得了超人般的力氣、女班長則記憶力大幅上升。

「但是魔界食人花的種子會吸收宿主的生命力來令自己成長，宿主會逐漸變得虛弱直至死亡……」莉莉絲意識到事態嚴重，胖子體內的種子隨時會奪去他的性命。

　　「為什麼**女班長**會持有這麼危險的東西？」尼諾皺起眉頭說。

　　「不是女班長……她跟我說過這是保健室的老師私底下給她的靈丹妙藥。」胖子也好、女班長也好，大家也被保健室老師利用了。

「難怪他不讓我們入保健室探望女班長，內裡一定隱藏不可告人的秘密。」莉莉絲終於找出答案，這多宗案件的元兇，原來是新月中學的保健室老師。

種子還在胖子體內，那他豈不是會有生命危險？

保健室老師向學生發放魔界花的種子一定另有所圖，事發至今還未有學生性命不保，我估計他一定有辦法取出人體內的種子。

「摩斯應該知道取出種子的辦法，但我不知道牠去了哪裡，也不知道牠何時才回來⋯⋯」莉莉絲苦惱的說。

「不如我們一起去找保健室老師，請求他把胖子體內的種子取出吧！」書琪擔心為時已晚。

「不，這件事就交給我和尼諾去辦吧。胖子和書琪留在這裡，若然一隻會說話的黑貓回來，請你把事情的來龍去脈告訴牠。」莉莉絲擔心保健室老師不會**束手就擒**，她沒有信心兼顧兩個普通人的安全。

胖子和書琪瑟瑟發抖，他們的臉上掛著充滿不安的表情，看到他們這模樣，莉莉絲不禁想起小時候的自己和尼諾。他們曾經同樣無依無靠、徬徨無助，是安德魯拯救他們於水深火熱之中。

現在莉莉絲長大了，她要像安德魯一樣，成為他人的救贖。

我們是安德魯魔法萬事屋的員工，這宗委託我們一定會順利完成的！

學校實驗室的科學怪人

魔法萬事屋的地下室內，莉莉絲正在挑選合適的魔法道具，放進容量極大的魔法斜肩包內。這裡存放的魔法道具都是安德魯收集得來，沒有經過他或摩斯許可，是不能擅自帶走的。

「莉莉絲，你確定這樣做是對的嗎？」尼諾疑惑的問，**知己知彼百戰百勝**，但他們對保健室老師一無所知。

「胖子的身體狀況不能再拖延，盡早找到解決辦法才有一線生機。」莉莉絲留意到胖子面色蒼白，不用多久便會虛弱到昏迷。

莉莉絲已整裝待發，只欠尼諾的最後答覆。

尼諾，如果你不願意，我是不會勉強你跟我冒這個風險的。

笨蛋，我又怎會讓你一個人去冒險，出發吧。

　　尼諾當然不會要莉莉絲孤軍作戰，他們曾是最佳拍檔，是不會離棄對方的重要伙伴。

　　「好……就讓我們好好完成這次的委託吧！」莉莉絲信心十足。

　　夜闌人靜，新月高中烏燈黑火，莉莉絲和尼諾悄然無聲從上空降落，潛入學校保健室內。

　　「奇怪……這裡沒有任何特別，難道我們應該去保健老師的家才對嗎？」莉莉絲四處張

望，這裡和普遍的保健室一樣，沒有擺放特別的工具。

「不，下午時分我明明在這裡感應到一股不尋常的魔力。起初我以為是由胖子發出的，但實際上兩者有著明顯的差別……」尼諾合上眼睛，憑藉吸血鬼獨特的體質，他能夠像蝙蝠般**以聲納辨別出空間和方向**。

「有什麼差別？」莉莉絲跟著尼諾，尼諾正一步一步走向牆邊高身的金屬儲物櫃。

「那是一種更陰沉……更危險的魔力。」尼諾拉開兩扇**金屬大門**，如他所料這裡內有乾坤。

高達兩米的金屬儲物櫃其實是一部勉強能容納兩人的升降機，通往隱藏在地下的神秘空間。

「啊，尼諾真能幹，回去之後我叫摩斯幫你加薪！」莉莉絲興高采烈的說。

「下面不知道藏了什麼，還是我先下去看看吧。」尼諾有不祥的預感。

「魔法萬事屋的員工守則之一：有福同享、有難同當。無論面對什麼也共同進退！」莉莉絲和尼諾擠進升降機，莉莉絲立即按下下降的按鈕。

新月中學的前身，是一個實驗研究所，在很久以前進行過不少不可告人的實驗。當中一些有違倫理道德的實驗被公諸於世後，研究所被下令關閉，在不久之後清拆重建成今日的學校。

當中一條通往地下實驗室的秘密通道一直原封不動，直至被保健室的金老師發現。

　　「這裡很昏暗⋯⋯尼諾，你能感應到什麼嗎？」莉莉絲**緊張萬分**，不自覺地挽起尼諾的手臂。

　　「我感應到人類的氣息⋯⋯還有很龐大的魔力在不遠之處。」尼諾冒出冷汗，那股魔力不似是他和莉莉絲足以匹敵。

　　走過面前昏暗的長廊後，就能看見這宗案件的始作俑者和一部巨大的機械。機械中央有一個金髮少女，她的手腳上有著多條縫紉痕跡，頭部接近太陽穴的位置有著左右各一副大螺絲，活像科幻小說中的**科學怪人**。

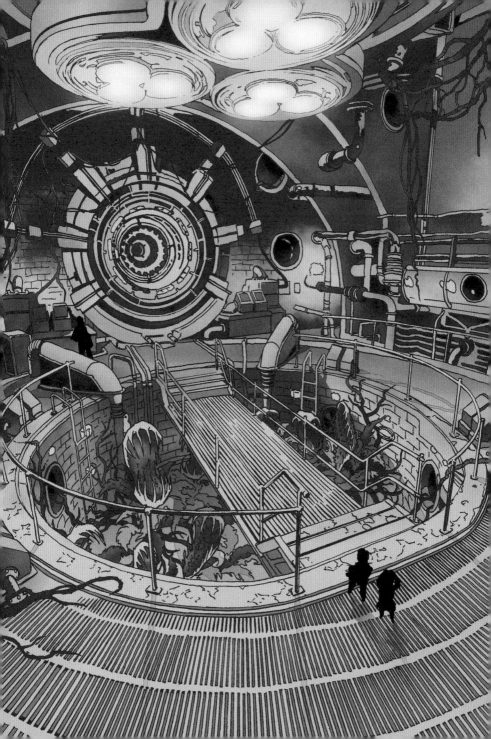

> 只差一點點……這次一定能夠成功的……爸爸一定能救活你的！

正忙著操作機械的金老師瘋言瘋語，沒有留意到尼諾和莉莉絲已闖入禁地。

機械底下有著大量成熟了的魔界食人花，**金老師**把種子發放給學生，就是為了培植出這恐怖的花田。

「這……到底是什麼回事？」莉莉絲從未見過這般景象。

「那可疑的裝置就是**龐大魔力**的源頭……不管金老師在做

什麼，也不可以讓他繼續下去！」
直覺告訴尼諾，若然讓金老師完
成所圖，後果
非同小可。

既然如此，唯有先
破壞那東西吧！

莉莉絲取出魔法杖，準
備向大型機械施
展攻擊魔法。

不要！求求你……我只想拯救
我的女兒……我是沒有惡意的。

金老師的女兒本來也是新
月中學的學生，不幸的她在一
年前經歷了**嚴重車禍**，導
致全身癱瘓。

「那女孩⋯⋯原來是老師的女兒？」莉莉絲見金老師熱淚盈眶，不禁動了惻隱之心。

「你清醒一點，金老師害很多同學虛弱得不省人事，胖子的性命也**岌岌可危**呀！」尼諾不敢放鬆警惕，龐大的魔力正注入女孩的身體，那是他望塵莫及的可怕力量。

「但是他們全都沒有生命危險，我在魔界食人花發芽生長後便從學生體內取出，我只是借用了他們一點生命力。」金老師每次也會在學生送院前，在保健室抽取他們體內的魔界食人花。

「笑話！你不只利用了學生脆弱的心靈，還害他們虛弱得不似人形，這樣對待他們公平嗎？」尼諾據理力爭。

「公平？難道我的寶貝女兒瑪琍遭受這麼可怕的意外又公平嗎？」金老師無意傷及人命，他只是愛女心切，一心想令女兒回復健康。

學校內流傳的女鬼傳說，其實是偶然有人看到偷偷從地下室回到學校的**金瑪琍**。金老

師逐步重建瑪琍的身體，起初她只有上半身能順利活動，所以有學生見過只有半身的女鬼，嚇得呼天搶地。

「無論你們想我做什麼我也可以答應，但請你們等多一會兒……待魔力全部注入瑪琍，我願意接受任何懲罰。」金老師早已有接受制裁的心理準備。

雖然被列為高危物種，但以人類生命力為食量的魔界食人花，是蘊含著驚人魔力的瑰寶。

「尼諾……怎算好？」莉莉絲於心不忍，她加入魔法萬事屋是為了幫助有需要的人，但金老師和瑪琍何嘗不是需要被拯救。

「我也不知道……」尼諾亦為之動容。

但魔界食人花之所以被列為高危物種是有原因的，它是**侵略性極高**，不是可以輕易控制的東西。

「有點不妥……那些食人花在掙扎！」尼諾終於弄清楚令他不安的不是瑪琍，而是底下

的魔界食人花。

「不可以，進度快要完成了⋯⋯不可以功虧一簣。」金老師把傳送魔力的傳送推至最高，務求在最短時間完成傳送。

快被抽乾的魔界食人花們掙脫了束縛，它們不願就此枯萎，它們有著就算互相吞噬也要存活下來的天性。

「爸⋯⋯爸爸。」金瑪琍醒來了。

「瑪琍！」值得慶幸的，是金老師的計劃及時完成了。

瑪琍終於有了能活動自如的身體，雖然跌跌撞撞，她還是能重新站起來。

「大事不妙了⋯⋯」尼諾感受到濃烈的怨念和魔力糾纏去一起。

魔界食人花互相吞噬結果誕生出更大更兇惡的巨花，它對周圍的一切充滿敵意，花朵中央的血盤大口駭人無比。

「爸爸！不要！」瑪琍來不及反應，只能

目送父親被魔界食人花咬嚙，血流如注。

「**火焰魔法！**」莉莉絲慌忙的施放出火球。

植物都懼怕火，但莉莉絲能造出的火球不足以鎮壓如此龐然大物，它長滿針刺的藤蔓正要鞭打回擊莉莉絲。

「沒有更強大的魔法了嗎？」尼諾張開翅膀，包裹住他和莉莉絲的身體免受重創。

「等等……火屬性的魔法我到底會什麼？我有學過其他火魔法嗎？」莉莉絲方寸大亂，她從未試過面對這麼可怕的對手。

「**把爸爸還給我！**」瑪琍的一雙拳頭噴射飛出，經過改造後她有了一雙鐵索飛拳。

拳頭加上電擊的確能為魔界食人花帶來一點傷害，但這食人花太過巨大，這程度的攻擊只會令它更加狂躁。

「不能再有所保留了……」尼諾取出一支小小的試管，內裡的藍色液體是從另一種妖魔身上抽取的精華。

尼諾不像天生的吸血鬼般擅長使用魔法，不過他同樣有吸血鬼的特質，所以他另覓了適合自己的作戰方式。

「**人狼血清素**。」尼諾吸入的，是從人狼血液中提取的魔力精華，服用後能在短時間內獲得人狼的特性。

尼諾的身體產生了變化，雙臂粗壯充分地發揮人狼超凡的氣力，配合瑪琍向魔界食人花前後夾攻。要摧毀這可怕的魔界植物，最理想的方法是直接攻擊花朵中藏在它口內的核心。

「**嘶！**」要接近魔界食人花談何容易，它無時無刻發出具腐蝕性的花粉，被它拉開距離後又會成為藤蔓鞭打的目標。

莉莉絲手中的魔法杖被擊飛開去，無法使用魔法的她眼神堅定，沒有放棄。

「本小姐就算不用魔法，也不是好欺負的！限制解除！」莉莉絲用來紮起頭髮的髮帶不是普通物品，而是用來限制她特殊體質的限制器。

莉莉絲當初經歷魔力覺醒的時候，頭髮不正常地快速生長，而且像有自我意識般不受控制，甚至誤傷了她的母親。

「**魔髮大剪刀！**」現在莉莉絲能靈活運用自己充滿魔力的長髮，一雙馬尾交織成鋒利的大剪刀，剪斷長滿尖刺的藤蔓。

「機會來了⋯⋯**鐵碎狼爪！**」尼諾把握機會衝往花朵中心，無堅不摧的利爪粉碎魔界食人花的核心，兇悍的它終於癱軟倒下。

「呼⋯⋯結束了吧？」莉莉絲鬆了一口氣。

「爸爸⋯⋯我以後該如何是好？」瑪琍雖然活過來了，但現在她的身體有如科學怪人。

「但那女孩怎麼辦？還有金老師⋯⋯他已經死了，還有誰能拯救胖子？」尼諾看著泣不成聲的瑪琍身同感受，他也是人類和妖魔中的異類。

「後⋯⋯後面！」莉莉絲剛想回應，巨大的魔界食人花卻死灰復燃，吞噬了大量同

類結合而成的它，有著多於一顆核心。

「豈有此理⋯⋯」人狼血清素的效力已退去，尼諾身上沒有更多妖魔的血清素。

「就算不會高強的魔法，只要把小小的魔法累積起來，也能掀起巨浪。」一把令人安心和柔和的男性聲線從莉莉絲身後傳來。

「安⋯⋯安德魯？」莉莉絲目瞪口呆，她期盼已久的魔法萬事屋店長終於現身。

「這兩個不聽話的小鬼真令人頭痛⋯⋯幸好我及時找到安德魯。」安德魯肩膀上的黑貓摩斯説。

「莉莉絲、尼諾，你們幹得很好。餘下的事情就交給我吧。」大魔法師安德魯輕輕擺動魔術杖。

火與風的魔法圍繞住魔界食人花，以火龍捲的姿態把它燒毀殆盡。

「店長！你終於回來了！」莉莉絲緊緊抱住安德魯，若非他及時趕到，後果恐怕不堪設想。

氣定神閒、怡然自若，魔法萬事屋的安德魯店長就是這麼超然的存在。

　　魔法萬事屋內，大家齊齊整整的坐在餐桌前享受安德魯沖泡的咖啡。早前經過摩斯的調查，判斷這次的案件非安德魯親自處理不可，於是牠想盡辦法向安德魯求助，而安德魯也立即放下手上工作，回來化解這次的危機。

「胖子體內的食人花已被我清除，其他遇害的學生也很快會康復醒來，大家不用再擔心了。」安德魯微笑著說。

「遺憾的是金老師不幸身亡，我們的線索也就此斷了。」摩斯感到可惜。

「線索？金老師不是真正的犯人嗎？」莉莉絲問。

「魔界食人花絕跡多時，它的種子十分稀有，就算在魔幻世界也難以獲得。這本書同樣不是人界之物，而是**魔幻世界的禁書**。」安德魯取出了一本從地下實驗室帶回來的書。

「『科學怪人製作指南』？」莉莉絲看到書名後，視線轉移向還未走出喪父之痛的瑪珊。

「瑪珊，能否請你告訴我，是誰把這些東西給你父親的嗎？」安德魯問。

「一年前⋯⋯有一個穿著黑袍的男人找到爸爸，他告訴了我爸爸學校底下有個設備齊全的實驗室，還把這本書和種子送給我爸爸⋯⋯」

瑪琍沒有看清男人的臉孔，但她依稀記得那人散發出神秘莫測的氣息。

「是她告訴爸爸，這是能令我重獲新生的方法。」瑪琍因意外導致**身體癱瘓**，她的世界就只有斗大的病床，她的天空只有眼前的天花板，她痛苦得無數次想要放棄生命。

只要能拯救女兒，金老師不惜犧牲一切，就算要把靈魂出賣給魔鬼他也在所不惜，那神秘男人就是看中了金老師的迫切，造成今次的慘劇。

那男人的名字，是浮士德嗎？

嗯……

雖然獲得能活動自如的身體，但瑪琍的父親間

接被浮士德害死了。

「這位**浮士德**正是我離開萬事屋的原因，此人神出鬼沒，我追尋他已經一段時間，仍然找不到他的藏身之處。」安德魯正在調查的大案中，浮士德是當中最有嫌疑的人。

「而且……尼諾……」安德魯欲言又止。

「什麼？」尼諾一直對一件事耿耿於懷。

「把你變成吸血鬼的人……很有可能就是浮士德。」安德魯知道尼諾從未放棄找出當日把他變成這半人半吸血鬼的真兇。

「安德魯，你會再次離開魔法萬事屋，繼續尋找浮士德嗎？」莉莉絲不捨得安德魯離開。

「嗯，我必須找出這個**四處挑起事端**的危險人物。」安德魯嚴肅地說。

「那萬事屋呢？你不在的期間，要關門大吉嗎？」莉莉絲難過的問。

「不，經過這宗案件，我相信你和尼諾已有足夠能力接手萬事屋的工作。加上有摩斯從

旁監督，我想我可以放心把這裡暫托給你們了。」安德魯輕拍莉莉絲的頭顱。

「太好了！尼諾，我們可以繼續一起工作了！」莉莉絲心滿意足的笑著說。

「瑪琍，如果你願意的話，我可以帶你到**適合人類和妖魔共同生活**的城市。不然，你也可以留在萬事屋。」安德魯希望瑪琍也能好好過活。

「我想留在這裡……那個叫浮士德的人，我也想再見他一面。」瑪琍的父親間接是浮士德所害的，她對這神秘人懷恨在心。

尼諾和莉莉絲的第一宗委託總算圓滿結束，而且經此一役他們有了新成員加入，科學怪人金瑪琍將會成為重要的助力，協助魔法萬事屋完成更多的委託。

魔界食人花

FLORIVORA DAEMONICA

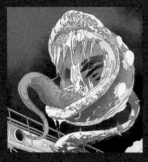

當魔界食人花的種子寄生在人體時，會在短時間內激發宿主的魔力，從而令他們獲得特殊能力；然而，魔界食人花的種子會吸收宿主的生命力來令自己成長，宿主會逐漸變得虛弱直至死亡。

魔界食人花是侵略性極高、不是可以輕易控制的危險植物。完全成長後的魔界食人花不只對生物，就算是同類之間也會互相吞噬，吸取對方的生命能量從而誕生出更大更兇惡的巨花。

魔界食人花對一切事物充滿敵意，花朵中央的血盆大口是其進食的器官，食人花長滿針刺的藤蔓和具腐蝕性的花粉是它常用的攻擊手段。而它的生存能力極高，在惡劣的環境下也能生長。

只要種植出大片食人花田，提取食人花的能量，就能吸收生命力，使全身癱瘓的人也能重拾活動能力；甚至，連失去生命的人也能重生。

具備再生能力的魔界食人花懼怕火焰，但要徹底消滅它，最有效的方法是摧殘藏在花內的核心。

來源：《魔界植物百科全書》、《科學怪人製作指南》

下期 CASE 2 預告

聖誕小鎮懸疑奇案

　　魔法萬事屋收到來自聖誕老人的委託——聖誕將至，為全球小朋友製造禮物的魔法工場竟受到嚴重破壞。莉莉絲和尼諾將會遠赴冰天雪地的聖誕小鎮，解決聖誕老人面對的危機！

創造館2024年

中性題材,適合
男生、女生、小學生、中學生

不准尖叫學會

最主打作品

故事講述四個高中生，成立了一個名為「不准尖叫學會（Silent Secrets Society）」的課外活動團體，追尋香港各區的詭異都市傳聞，例如第一期去華富邨探究是否有 UFO、瀑布女鬼；第二期會去西貢查探結界！如此類推，每期一個地點，一個單元調查事件。

讀者看完第一期後好評如潮：

Long
好好睇呀！講香港怪談呢個主題好有趣！內容同人物互動都好睇，我升中四喇，都啱睇！

Yuna
好期待出第二本！

Maru
100 分超好睇！一定買第二期！ *100*

KeiMa
阿女阿仔都話中意。如果我細個有咁有趣的書就好啦！

特別附錄：

夢妮謎之教室

夢妮「謎」之教室

生命靈數
Life Path Number, aka Destiny Number

1 創始者

2 平衡者

3 創意者

4 執行者

真實傳聞專欄

華富邨都市傳聞

1 示掂飛碟集 ?!

2 魚腮攻擊 (UFO)?!

3 瀑布灣無頭女鬼 ?!

小說
The Silent Secrets Society

魔幻小說作家
陳四月

×

IG 10萬followers 插畫家
Nagi

安德魯
魔法 Magic Do-it-All
YOROZUYA
萬事屋

CASE 1

作者　　陳四月
繪畫　　余遠鍠
策劃　　YUYI
編輯　　小尾
設計　　faminik
校對　　Eva Lam
實景　　張耀東
製作　　創造館童書
出版　　創造館
　　　　CREATION CABIN LTD.
　　　　荃灣美環街 1-6 號時貿中心 6 樓 4 室
電話　　3158 0918
發行　　泛華發行代理有限公司
　　　　香港新界將軍澳工業邨駿昌街七號二樓
印刷　　美雅印刷製本有限公司
出版日期　2024 年 9 月
ISBN　　978-988-70525-7-9
定價　　$78
聯絡人　creationcabinhk@gmail.com